Tudur Budr

Eira!

I Jane – ni fyddai cyfres hebddi ~ D R ac A M

Cyhoeddwyd yn 2011 gan Stripes Publishing,
argraffnod Little Tiger Press, 1 The Coda Centre,
189 Munster Road, Llundain SW6 6AW

Teitl gwreiddiol: *Dirty Bertie – Snow!*

Cyhoeddwyd yn Gymraeg yn 2014 gan
Wasg Gomer, Llandysul, Ceredigion SA44 4JL
www.gomer.co.uk

ISBN 978 1 84851 763 9

Cyhoeddwyd gyda chymorth ariannol
Cyngor Llyfrau Cymru.

Argraffwyd a rhwymwyd yng Nghymru gan
Wasg Gomer, Llandysul, Ceredigion SA44 4JL

Tudur Budr

Eira!

DAVID ROBERTS · ALAN MACDONALD

Addasiad Gwenno Mair Davies

Gomer

Casglwch lyfrau
Tudur Budr i gyd!

Cynnwys

EIRA!

PENNOD 1

Deffrodd Tudur. Agorodd y llenni ac ebychu. EIRA! Roedd o wedi bod yn gweddïo am eira ers wythnosau ac o'r diwedd, roedd o wedi cyrraedd. Hwrêêê! Dynion eira! Taflu peli eira! A gwell fyth, sglefrio i lawr bryn Pen-cae mewn sled!

Rhuthrodd i ystafell wely ei rieni. 'MAE'N PLUO EIRA!' gwaeddodd.

Tudur Budr

'Hmm ... beth?' mwmialodd Mam.

'Mae'n bwrw eira! Edrychwch drwy'r ffenest!' gwaeddodd, gan agor y llenni.

Trwy lygaid main edrychodd Dad ar y cloc larwm a griddfan. 'Tudur, dydi hi ddim hyd yn oed yn chwech o'r gloch eto!'

'Ond mae hi'n pluo eira!' meddai Tudur.

'Does dim ots gen i – dos yn ôl i dy wely!'

Aeth Tudur. Ychydig eiliadau'n ddiweddarach ymddangosodd ei ben heibio i'r drws eto. 'Ydych chi'n meddwl y bydd yr ysgol ar gau heddiw?' holodd.

'I DY WELY!' rhuodd Dad.

Ond roedd Tudur wedi'i gyffroi gormod – sut allai unrhyw un gysgu gan wybod bod eira y tu allan? Brysiodd i lawr y grisiau.

'Hei, Chwiffiwr! Edrych, mae'n bwrw eira!'

Safodd y ddau wrth y ffenest yn edrych ar yr eira'n disgyn yn osgeiddig i'r llawr. Roedd

Tudur Budr

yno eira ar y toeau ac eira'n garped dros yr
ardd. Edrychodd Tudur ar Chwiffiwr . . .

❄   ❄   ❄

Pum munud yn ddiweddarach, roedden nhw
yn yr ardd. Rhedodd Tudur yn wyllt mewn
cylchoedd, a Chwiffiwr yn ei ddilyn wedi'i
gyffroi'n lân. Disgynnodd plu eira ar wyneb
Tudur a thoddi ar ei dafod. Cododd belen fawr
o eira. *Trueni nad oedd Darren ac Eifion yma,*

Tudur Budr

meddyliodd. *Gallen ni fod wedi cael brwydr peli eira.*

PLWMP! Trawodd ei belen eira yn erbyn wal y sied.

'TUDUR!'

O na. Roedd Mam wedi gwthio'i phen heibio i'r drws cefn.

'Beth ar wyneb y ddaear wyt ti'n ei wneud?' gwaeddodd.

'Chwarae,' atebodd Tudur.

'Rwyt ti'n dal yn dy ddillad nos! Mi fyddi di wedi'u gwlychu nhw!'

Edrychodd Tudur i lawr. Roedd hi'n iawn – roedd ei byjamas wedi mynd braidd yn soeglyd.

'Dwi'n gwisgo het gynnes,' meddai.

'A'n gwaredo, tyrd i mewn cyn i ti fferru!'

Llusgodd Tudur ei draed i'r tŷ, gan adael olion traed gwlyb ar hyd llawr y gegin. Ysgydwodd Chwiffiwr ei hun yn sych, gan daflu cawod o eira dros bobman.

'O diar!' cwynodd Mam. 'Edrych arnat ti, Tudur, rwyt ti'n wlyb domen!'

'Dim ond eira ydi o,' meddai Tudur.

'Dos i newid i ddillad sych.'

Yn ei ystafell wely brysiodd Tudur i wisgo pâr o jîns ac yna dychwelyd i lawr y grisiau.

Roedd y ffôn yn canu yn y cyntedd.

'Ia?' meddai, gan godi'r ffôn yn frysiog.

'Hei, Tudur!' Darren oedd yno. 'Wyt ti wedi clywed? Mae'r ysgol wedi cau!'

Dawnsiodd Tudur yn wirion yn ei unfan.

Tudur Budr

'Mi fedrwn ni gael brwydr peli eira!' gwaeddodd yn llawen.

'Mynd ar y sled!' llefodd Darren.

'Beth am i ni gyfarfod ar waelod bryn Pen-cae?' meddai Tudur. 'Cofia ddweud wrth Eifion.'

'Iawn. Tyrd â dy sled efo ti!' meddai Darren. Rhoddodd Tudur y ffôn yn ôl yn ei grud yn wyllt. Hwn fyddai'r diwrnod gorau erioed. Dim ysgol, dim hen Miss Jones grintachlyd – gallai dreulio'r diwrnod cyfan yn chwarae yn yr eira.

Ond, aros funud. Llyncodd Tudur ei boer. Roedd o bron yn siŵr fod ei sled wedi malu ar ddamwain y llynedd pan geisiodd pedwar fynd arni i lawr y bryn. O na! Trychineb! Mi fyddai'n rhaid iddo ddod o hyd i sled, a hynny ar frys.

12

Tudur Budr

'Hei! Mae'r ysgol ar gau heddiw!' gwichiodd Tudur, wrth ysgafndroedio i'r gegin.

Griddfanodd Dad. Curodd Siwsi ei dwylo yn gyffrous.

'Ga i fynd i chwarae ar y sled efo fy ffrindiau?' holodd Tudur.

Ochneidiodd Mam. 'Ar ôl brecwast.'

'Gawn ni fynd i nôl sled newydd?'

'Na chawn, wir,' meddai Dad.

'Ond mae un ni wedi torri!' cwynodd Tudur.

'A bai pwy yw hynny?' holodd Mam.

'Nid fy mai i. Mi wnes i *ddweud* wrth Darren ei fod o'n rhy drwm.'

'Wel, dydyn ni ddim am wastraffu arian ar slediau er mwyn i ti gael eu torri nhw,' meddai Mam. 'Os wyt ti wir eisiau un, dos i ofyn i dy nain.'

'Pam, ydi hi am fynd i sledio?'

'Gofyn iddi a oes ganddi sled, dwi'n ei feddwl. Dwi'n siŵr fod ganddi un ers talwm.'

PENNOD 2

Roedd Nain yn dal yn ei gwn nos pan gurodd
Tudur ar y drws.

'Tudur!' meddai. 'Oni ddylet ti fod yn yr
ysgol?'

'MAE'R YSGOL WEDI CAU!' canodd
Tudur. 'MAE HI'N BWRW EIRA!'

'Felly rydw i'n gweld,' meddai Nain.
'Byddai'n well i ti ddod i mewn.'

Tudur Budr

Stompiodd Tudur ei draed ar y mat. 'Mae gen i'r diwrnod cyfan i mi fy hun,' meddai'n fyr o wynt. 'Ac mae fy ffrindiau a mi am fynd i chwarae ar y sled, ond mae yno un broblem – does gennym ni ddim sled.'

'O diar,' meddai Nain. 'Felly beth wnei di?'

'Roeddwn i'n gobeithio fod gennych chi un,' meddai Tudur.

'Sled?' gwgodd Nain. 'Roedd gen i un yma yn rhywle. Hen un dy dad.'

'Ond fe wnaethoch chi ei chadw?' holodd Tudur yn obeithiol.

'Wel, does gen i ddim cof o'i thaflu.'

'Gwych! Ga i ei benthyg felly – hynny ydi, os nad ydych chi'n ei defnyddio?'

Gwenodd Nain. 'Ddim ar hyn o bryd,' meddai. 'Aros eiliad tra mod i'n mynd i newid ac yna fe awn ni i gael golwg yn y sied.'

Roedd sied Nain mor llawn o sothach nes ei bod bron yn amhosibl mynd i mewn drwy'r

Tudur Budr

drws. Rhythodd Tudur ar y pentwr o gadeiriau haul, bocsys a hen beiriannau torri gwair wedi rhydu. Mentrodd Nain i mewn a dechrau chwilio a chwalu drwy'r pentyrrau o stwff. O'r diwedd, daeth o hyd i'r hyn roedd hi'n edrych amdano.

'Dyma ni! Roeddwn i'n amau ei bod hi yma yn rhywle,' meddai.

Rhythodd Tudur a'i lygaid yn fawr. Roedd y sled yn edrych fel rhywbeth o Oes y Cerrig! Roedd wedi'i gwneud o ddarnau trymion o bren wedi'u hoelio at ei gilydd. Yn y tu blaen roedd yna hen ddarn o gortyn clymog ar gyfer llywio. Roedd hi'n drewi o lwydni.

'Roedd dy dad wrth ei fodd gyda'r sled yma ers talwm!' meddai Nain, gan ysgubo gwe pry cop oddi arni.

'Wir?' meddai Tudur. Mae'n rhaid bod slediau'n dda i ddim yn yr hen ddyddiau. Erbyn heddiw roedden nhw'n ysgafn ac

yn gyflym, a doedd dim angen pac o gŵn
i'w tynnu.

'Beth wyt ti'n feddwl?' holodd Nain.

'O, ym . . . ia. Diolch, Nain!' meddai Tudur,
gan geisio swnio'n frwdfrydig.

O leiaf roedd ganddo sled, ac ar y foment
hon, roedd hi'n well na dim.

Tudur Budr

Llusgodd Tudur ei sled i lawr y stryd. Erbyn
hyn, byddai ei ffrindiau i gyd ar ben bryn
Pen-cae. Wrth iddo droi'r gornel, daeth
bachgen allan o'r siop gyda'i fam, yn tynnu
sled ar ei ôl. Suddodd calon Tudur. Dyfan
Gwybod-y-Cyfan oedd o – y person olaf ar
wyneb y ddaear roedd o eisiau ei weld.

'O, helô, Tudur,' grwgnachodd.

'Helô,' meddai Tudur, yn oeraidd.

Doedd Tudur erioed wedi cyfarfod mam
Dyfan o'r blaen. Roedd hi'n edrych yn union
fel ei mab, yn welw a thaclus, gyda thrwyn hir
a main. Syllodd i lawr ei thrwyn ar Tudur, fel
petai ganddo chwain.

'A phwy yw hwn, Dyfan?' holodd. 'Un o dy
ffrindiau di o'r ysgol?'

'Na, Tudur ydi hwn,' atebodd Dyfan â gwên
gyfoglyd. 'Wyt ti'n mynd i ben bryn Pen-cae?'

'Efallai,' meddai Tudur.

Tudur Budr

'Mae gen i sled newydd sbon,' ymffrostiodd Dyfan. 'Un Gwibiwr 2000. Tydi hi'n anhygoel?'

Rhythodd Tudur. Dyma oedd sled ei freuddwydion – yn lliwgar ac yn siapus, gyda llafnau dur a stribedi cyflymu ar hyd yr ochrau. Roedd yn gas ganddo wybod bod gan Dyfan y sled orau oedd i'w chael.

'Dywedodd Mami y gallwn i gael unrhyw un yr hoffwn i, yn do, Mami?' glaswenodd.

Tudur Budr

'Wel, do wrth gwrs, siwgr candi mami.'
Gwridodd Dyfan.

'Ta waeth, byddai'n well i mi fynd,' meddai
Tudur. 'Bydd fy ffrindiau i'n aros amdana i.'

'Ie, ffwrdd â ni, Dyfan,' meddai mam Dyfan.
Ond roedd gan Dyfan ei syniadau ei hun.

'HA HA!' gwaeddodd. 'AI DYNA DY
SLED DI?'

Gwgodd Tudur. 'Un fy nain i ydi hon.
Ac mae'n gynt nag y mae'n edrych.'

'Ydi wir?' chwarddodd Dyfan. 'O ble gefaist
ti hi – siop hen bethau?'

'Paid â bod yn ddigywilydd, Dyfan,' twt-
twtiodd mam Dyfan. 'Tyrd yn dy flaen.'

'Hwyl, Tudur!' gwenodd Dyfan Gwybod-y-
Cyfan. 'Mi wela i di ar y bryn – os gyrhaeddi
di yno gyda dy hen sled di yn un darn!'

PENNOD 3

Erbyn i Tudur gyrraedd, roedd y bryn dan ei sang, ac roedd synau sgrechfeydd a chwerthin plant yn gyfeiliant i'r holl hwyl. Gwibiai slediau i lawr y llethr serth a llithrig.

Roedd Eifion a Darren yn aros amdano'n eiddgar.

'Ble wyt ti wedi bod?' holodd Eifion.

Tudur Budr

'A beth wyt ti'n galw HON?' holodd Darren.

'Sled,' atebodd Tudur. 'Dwi wedi'i benthyg hi gan Nain.'

'Ond, ble mae dy hen un di?'

'Mi wnest ti ei thorri hi, cofio?' meddai Tudur. 'Dyma'r gorau fedrwn i ei gael.'

Ysgydwodd Darren ei ben. 'Mae hon yn dda i ddim,' meddai.

'Mae'n drewi,' cwynodd Eifion, gan binsio'i drwyn.

Rholiodd Tudur ei lygaid. 'Wel, mi gewch chi ffeindio eich sled eich hun, felly, os ydych chi am fod mor ffyslyd!' meddai. 'A beth bynnag, mae'n well nag y mae hi'n edrych.'

Aeth y tri i roi cynnig arni. Roedd yn rhaid i Darren ac Eifion wthio'r sled i'w chychwyn, gyda Tudur yn eistedd arni. Llithrodd y sled yn araf i ddechrau, ac yna codi cyflymder yn raddol, gan fowndio a sboncio i lawr y bryn

Tudur Budr

fel hen bram. Cododd Tudur yn drwsgl a
rhwbio'i ben-ôl. Roedd hyn yn waeth nag yr
oedd o wedi'i ddychmygu.

'W, TUDUR! TUDUR!'

Trodd Tudur ar ei sawdl a griddfan. Roedd
pethau'n mynd o ddrwg i waeth – Arianrhod
Melys oedd yno. Roedd Arianrhod yn byw
y drws nesaf i Tudur ac yn dweud wrth bawb
yn dragywydd mai fo oedd ei chariad hi.
Roedd ei ffrindiau, Lora a Myfanwy, wrth
ei hymyl.

'Edrych, Tudur! Rydyn ni'n gwneud
dyn eira!' canodd yn llawn cyffro.

Tudur Budr

Roedd gan y dyn eira gorff tew a thalpiog ac roedd eisoes yn dalach nag Arianrhod. Safai ar droed y llethr yn edrych i fyny tuag at gopa'r bryn gyda'i lygaid glo. Gwibiodd slediau heibio bob ochr iddo.

'Fedrwch chi ddim ei adeiladu fo yn fan hyn!' meddai Tudur.

'Pam lai?' holodd Arianrhod.

'Mae o yn fy ffordd i!'

'Nac ydi ddim!'

'Ydi, mae o. Rydyn ni'n teithio ffordd hyn ar y sled,' meddai Tudur. 'Bydd yn rhaid i chi ei symud o!'

'Symuda *di*,' chwyrnodd Arianrhod, gan dynnu ei thafod. 'Ein dyn eira ni ydi o, a ni oedd yma gyntaf.'

Cododd Tudur ei ysgwyddau.

'O'r gorau, ond peidiwch â chwyno na chawsoch chi eich rhybuddio.'

Tudur Budr

WWWWSH!

Gwibiodd rhywbeth heibio'n gynt na'r gwynt. Daeth Dyfan Gwybod-y-Cyfan i stop ar ei Wibiwr 2000 a chodi ar ei draed.

'Waa-hww! Welsoch chi hynny?' gwaeddodd. 'Roeddwn i fel mellten!'

'Rydyn ni'n gwneud dyn eira!' llefodd Arianrhod.

Anwybyddodd Dyfan hi. 'O, edrychwch pwy sydd yma – Tudur â hen sled ei nain,' chwarddodd.

'Ha ha,' meddai Tudur. 'Mae hi'n llawer cynt nag y mae hi'n edrych.'

Crechwenodd Dyfan. 'Yr hen beth yna?'

'Mae'n well na dy un di.'

Tudur Budr

'Wyt ti'n meddwl hynny?' Plethodd Dyfan ei freichiau. 'Os wyt ti mor sicr, beth am i ni gael ras? Am y cyntaf i gyrraedd gwaelod y bryn.'

'Iawn!' cytunodd Tudur.

Curodd Arianrhod ei dwylo. 'Hwrê! Ras! Mi wnaf i fod yn feirniad!'

Ymlwybrodd Tudur i fyny'r bryn, gan lusgo'r sled ar ei ôl. Roedd o'n difaru ei enaid na

Tudur Budr

fyddai o wedi cau ei hen geg fawr. Disgynnodd yn un swp ar yr eira wrth draed Darren ac Eifion a thorri'r newyddion drwg wrthynt.

'Ras?' meddai Eifion. 'Wyt ti'n gall?'

'Roedd o'n dangos ei hun,' meddai Tudur. 'Beth arall fedrwn i ei wneud?'

'Ond ras ..? Wyt ti wedi gweld ei sled o?'

'Dyweda wrtho fo dy fod ti wedi newid dy feddwl,' meddai Darren.

'Alla i ddim gwneud hynny,' meddai Tudur. 'Neu mi fydda i'n edrych yn wirion.'

'Byddi di'n edrych yn wirionach fyth ar ôl colli,' wfftiodd Darren.

'Dydych chi byth yn gwybod,' meddai Tudur. 'Hwyrach yr enilla i.'

'Ar yr hen beth yna?' chwarddodd Darren. 'Byddet ti'n symud yn gynt mewn berfa.'

PENNOD 4

Gorweddai'r ddwy sled ochr yn ochr ar ben
y bryn. Roedd si am Ras Fawr y Slediau wedi
mynd ar led ac roedd tyrfa o'r ysgol wedi
casglu yno i wylio. Eifion oedd yn gyfrifol am
gychwyn y ras. Ar waelod y bryn arhosai
Arianrhod Melys, yn barod i chwifio'i hances
wrth i'r enillydd fynd heibio i'r llinell derfyn.

28

Tudur Budr

'Hoffet ti gael cychwyn o 'mlaen i, Tudur?' holodd Dyfan dan wenu.

'Dim diolch,' atebodd Tudur.

Paratôdd y ddau elyn at yr her. Gorweddodd Tudur ar ei fol, er mwyn rhoi cyflymder ychwanegol i'w sled.

Eisteddodd Dyfan yn ei ôl yn y Gwibiwr 2000, gan edrych yn hyderus. Roedd hyn am fod mor hawdd fel na fyddai angen iddo dwyllo, hyd yn oed. Roedd o'n ysu am weld wyneb Tudur wrth i hwnnw sylwi ei fod o filltiroedd y tu ôl i Dyfan yn croesi'r llinell.

Gafaelodd Tudur yn dynn yn y rhaff rhwng ei ddwylo. 'Barod?' holodd.

'Ar dy ôl di, y falwen fawr,' meddai Dyfan yn hamddenol.

Aeth Darren ar ei gwrcwd, yn barod i wthio Tudur yn ei flaen. Gwnaeth Trefor yr un modd ar gyfer Dyfan.

Cododd Eifion ei fraich.

Tudur Budr

'Ar ôl tri,' meddai. 'Tri . . . dau . . . un . . .
EWCH!'

Gwthiodd Darren y sled bren, drom â'i
holl nerth. Gwyrodd yn ei blaen a disgyn
ar y llethr, gan ddechrau bownsio i lawr y
bryn. Gafaelodd Tudur yn dynn. Roedd eira'n
tasgu i'w wyneb, yn ei ddallu bron. Ond
roedd o ar y blaen – doedd dim golwg o'r
pen bach Dyfan yna. Mae'n rhaid ei fod wedi
cael dechreuad araf.

Mi fedra i ennill y ras, tybiodd Tudur. *Mae'n
rhaid i mi ddal ati a . . .*

WWWWWWWWWWSH!

Gwibiodd rhywbeth heibio, gan yrru
cawod o eira drosto. Rhythodd Tudur.
Saethodd y Gwibiwr 2000 i lawr y bryn fel
roced. Ceisiodd Tudur annog hen sled ei nain
i fynd yn gynt, ond byddai waeth iddo gamu
oddi arni a cherdded.

Tudur Budr

Gwenodd Dyfan. Roedd y fuddugoliaeth o fewn cyrraedd heb os. Roedd o'n bell ar y blaen. Trodd i edrych dros ei ysgwydd er mwyn gweld pa mor bell y tu ôl iddo oedd Tudur.

'Beth sy'n bod, y collwr?' gwaeddodd. 'Wyt ti'n methu mynd yn –'

WMFF!

Welodd Dyfan mo'r dyn eira anferthol. Un funud roedd o'n rasio i lawr y bryn, a'r funud nesaf roedd o'n hedfan drwy'r awyr fel pelen o ganon.

PWWWFF!

Glaniodd din dros ben mewn pentwr mawr o eira.

SWWWWM!

Llithrodd sled bren Tudur heibio, gan basio Arianrhod Melys a chroesi'r llinell derfyn cyn dod i stop. Neidiodd Tudur oddi ar y sled a llamu i'r awyr.

'HWRÊ! FI ENILLODD! FI ENILLODD!' gwaeddodd.

Ar ben y bryn roedd Darren, Eifion a gweddill y criw yn cymeradwyo.

Brysiodd Tudur draw at ble roedd Dyfan yn straffaglu i godi o'r eira, fel chwilen ar ei chefn. Tynnodd o'n rhydd.

'AAAACH! BLYCH!' Poerodd Dyfan, gan sychu ei lygaid.

'O diar, Dyfan, rwyt ti braidd yn wlyb!' gwenodd Tudur.

'FE DWYLLAIST TI!' ebychodd Dyfan.

Ysgydwodd Tudur ei ben. 'Y cyntaf i gyrraedd gwaelod y bryn, ddywedaist ti. Fi gyrhaeddodd gynta.'

'Ond ... ond ... DYDI HYNNY DDIM YN DEG!' nadodd Dyfan, gan stompio'i draed yn flin. 'Arhosa di, mi wna i –'

SBLAT! Trawodd pelen eira mawr yn erbyn clust Dyfan.

'DACW FO! DYNA'R UN A CHWALODD EIN DYN EIRA NI!' gwaeddodd Arianrhod Melys.

'CYMER HON!'

SBLAT! SBLAT!

Cafodd Dyfan ei daro gan beli eira o bob cyfeiriad, wrth i Lora a Myfanwy ymuno yn yr ymosodiad.

Gwenodd Tudur. Doedd dim yn curo brwydr peli eira – yn enwedig pan mai'r pen bach Dyfan Gwybod-y-Cyfan oedd y targed.

Plygodd i godi llond dwrn o eira. Roedd heddiw am fod yn ddiwrnod perffaith.

PENNOD i

Gwyliodd Tudur ei dad drwy'r ffenest. Roedd o'n brasgamu i fyny ac i lawr yr ardd â chribyn dros ei ysgwydd.

'Beth mae o'n ei wneud?' holodd.

Rholiodd Mam ei llygaid. 'Mae dy dad wedi ymuno â Chymdeithas Brwydr y Fwyell Ddu. Dynion yn eu hoed a'u hamser yn chwarae bod yn filwyr. Fedri di ddychmygu'r ffasiwn beth?'

Tudur Budr

Gallai Tudur ddychmygu hynny'n iawn. Roedd o'n swnio'n wych.

'Felly, maen nhw'n ymladd brwydrau GO IAWN?' holodd, wedi cyffroi'n llwyr.

'Na!' wfftiodd Mam. 'Smalio popeth maen nhw. Rhedeg o gwmpas yn gwisgo hetiau hurt ac yn chwifio cleddyfau.'

Gwyliodd Tudur ei dad yn anelu ei gribyn i gyfeiriad pot blodyn. Clwb brwydro? Pam nad oedd neb wedi sôn wrtho am hyn o'r blaen? Roedd o'n ardderchog am ymladd, ac ar ben hynny roedd ganddo wisg môr-leidr eisoes.

Wrth fwyta'i swper, ceisiodd Tudur ddarganfod rhagor o wybodaeth am y clwb.

'Dad, wyddost ti'r clwb brwydro yma rwyt ti'n rhan ohono?' meddai.

'Nid clwb brwydro ydi o,' atebodd Dad. 'Cymdeithas hanesyddol ydi o.'

Tudur Budr

Tynnodd Mam ystumiau ar Siwsi.

'Ond rydych chi'n ymladd mewn brwydrau?' holodd Tudur.

'Rydyn ni'n *ail-greu* brwydrau,' cywirodd Dad. 'Hanes ydi o, Tudur. Rydyn ni'n dod â hanes yn fyw.'

Sugnodd Tudur ar ddarn o sbageti. 'Ac rydych chi'n gwisgo i fyny?' holodd.

'Rydyn ni mewn gwisgoedd, ydyn.'

'Ac yn ymladd â chleddyfau?'

'Nid cleddyfau yn unig – mae gennym ni bob math o arfau,' eglurodd Dad.

Meddyliodd Tudur am eiliad. 'Felly, petawn i'n dod, fedrwn i fod yn fôr-leidr?'

Tudur Budr

Ochneidiodd Dad yn ddwfn. 'Does ganddo ddim i'w wneud â môr-ladron, Tudur. Y Rhyfel Cartref ydi o – y Brenhinwyr yn erbyn y Pennau Crynion.'

'Pam mae ganddyn nhw bennau crwn?'

'Llysenw ydi o. Roedd y Brenhinwyr o blaid y Brenin, ac roedd y Pennau Crynion, neu'r Pengryniaid, yn brwydro yn eu herbyn.'

'Fe fyddwn i o blaid y Brenin,' penderfynodd Tudur. 'Fyddai dim ots gen i fod yn Frenin.'

'Fyddi di'n ddim byd gan na fyddi di yno,' meddai Dad.

Rhythodd Tudur arno. 'Pam lai?'

'Ie, pam lai?' adleisiodd Mam. 'Os wyt ti'n cael chwarae milwyr, pam na chaiff Tudur?'

'Am nad gêm ydi o!' gwaeddodd Dad yn flin. 'Rydyn ni'n ymarfer bob wythnos fel byddin go iawn. Mae'n rhaid i ni fod yn ufudd i orchmynion.'

'Rydyn ni'n gorfod gwneud hynny yn yr ysgol,' cwynodd Tudur.

Tudur Budr

'A beth bynnag, dydw i ddim am adael i ti ddod yn agos at faes y frwydr,' meddai Dad. 'Bydd gynnau a chanonau yno – pob math o bethau peryglus.'

'Canon?' ebychodd Tudur. 'Gwych! *Plîs, plîs, ga i ddod?*'

'Na,' atebodd Dad yn gadarn. 'A phaid â swnian am y peth achos dydw i ddim am newid fy meddwl.'

Cliriodd Mam y platiau oddi ar y bwrdd. 'Wel, dwi'n meddwl dy fod ti braidd yn annheg,' meddai Mam. 'Mi fyddai Tudur yn gwneud môr-leidr gwerth chweil.'

Rhoddodd Dad ei ben yn ei ddwylo. 'DOES GANDDO DDIM I'W WNEUD Â MÔR-LADRON!'

PENNOD 2

Pan ddaeth nos Fercher, aeth Dad i'w ymarfer brwydr. Pan ddychwelodd, roedd Tudur yn yr ystafell fyw yn gwylio'r teledu gyda Mam a Siwsi. Roedd Chwiffiwr yn gorweddian ar y llawr.

Daeth sŵn cloncian o'r cyntedd a daeth Dad at y drws.

'Wel, beth ydych chi'n ei feddwl?' holodd.

Tudur Budr

'Mawredd mawr!' ebychodd Mam. 'Wyt ti wedi cerdded adref yn edrych fel yna?'

Syllodd Tudur arno. Roedd ei dad yn gwisgo helmed o dun a edrychai fel dysgl bwdin. Roedd ganddo esgidiau uchel at ei bengliniau, ac roedd yn edrych fel petai ei fod wedi colli hanner isaf ei drowsus. Yn ei law, roedd polyn anferthol â llafn miniog ar un pen iddo.

'Waw! Ai dyna dy fwyell di?' holodd Tudur, yn llawn edmygedd.

'Picell yw hon,' esboniodd Dad. 'Dwi'n bicellwr yn y fyddin frenhinol.'

'Ti'n edrych fel dy fod yn perthyn i'r syrcas,'

meddai Mam. 'Gofalus gyda'r *peth* yna!'

'Ga i dro?' ymbiliodd Tudur.

Ysgydwodd Dad ei ben. 'Na, nid tegan ydi o.'

'Plîs,' meddai Tudur.

'Dim ond er mwyn gweld sut deimlad ydi o.'

'O, gad iddo gael tro,' ochneidiodd Mam.

'Wel, o'r gorau,' cytunodd Dad. 'Ond am funud yn unig, a phaid â phrocio neb yn ei lygaid.'

Neidiodd Tudur ar ei draed yn awyddus. Doedd o erioed wedi gafael mewn picell o'r blaen. Byddai'n wych ar gyfer procio pobl yn eu pen-ôl – Dyfan Gwybod-y-Cyfan, er enghraifft.

Tudur Budr

'Na, ddim fel yna,' meddai Dad. 'Mae'n rhaid i ti ddefnyddio dy ddwy law. Un i fyny fan hyn i'w chadw'n llonydd. Wyt ti'n ei dal hi?'

'Ydw,' atebodd Tudur.

'Siŵr?'

'Dwi'n iawn!' meddai Tudur. 'Gollwng hi!'

Gollyngodd Dad ei afael. Roedd y bicell yn drymach nag yr oedd Tudur wedi'i ddisgwyl. Dechreuodd ddisgyn.

'GWYLIWCH!' llefodd Mam, gan symud yn sydyn o'r ffordd. Gwthiodd Tudur gan lwyddo i godi'r polyn yn ôl i'r awyr.

CLANC! SMASH! TINCL!

Tudur Budr

Daeth sŵn gwydr yn torri a diffoddodd
y golau. Baglodd Tudur dros rywbeth yn
y tywyllwch, colli ei afael ar y bicell a'i gollwng
gyda chlep.

WFF! WFF!

'TUDUR!' gwaeddodd Mam.

'Mae'n iawn,' llefodd Tudur.
'Dim ond Chwiffiwr oedd o.
Fi wnaeth sefyll ar ei gynffon o.'

Ar ôl iddyn nhw glirio'r darnau o wydr,
newidiodd Dad y bwlb er mwyn cael golau
unwaith eto.

'Nid fy mai i oedd o!' cwynodd Tudur am y
degfed tro.

Rhythodd Mam ar Dad. 'Ti sydd ar fai,'
chwyrnodd.

'FI?' meddai Dad.

'Dy waywffon wirion di ydi hi!'

Tudur Budr

'Nid gwaywffon ydi hi,' eglurodd Dad. 'Picell ydi hi.'

'Does dim ots gen i beth ydi hi, paid â dod â hi i'r tŷ!'

'Mae'n rhaid i mi ymarfer cyn dydd Sadwrn,' cegodd Dad.

'A dyna rywbeth arall,' meddai Mam. 'Dwi'n mynd â Siwsi i siopa ddydd Sadwrn.'

Rhythodd Dad arni'n geg-agored. 'Ond dyna ddyddiad fy mrwydr gyntaf i. Beth am Tudur?'

Tudur Budr

'Dwi ddim yn ei lusgo fo o amgylch y siopau gyda ni,' meddai Mam. 'Y tro diwethaf i mi fynd ag o i Siop Arianfa, fe ddiflannodd i'r lifft a chael ei hun ar y pumed llawr!'

'Pwy sydd am edrych ar ei ôl o, felly?' holodd Dad.

'Ti!'

'Fedra i ddim! Mi fydda i'n ymladd mewn brwydr.'

'Wel, dwi'n siŵr y caiff Tudur ddod i wylio?' awgrymodd Mam.

'Ia! Ga i, Dad?' ymbiliodd Tudur.

Edrychodd Dad arno'n flinedig. 'Os oes rhaid,' ochneidiodd.

Dathlodd Tudur gan weiddi'n uchel.

'Ond dod i wylio yn unig fyddi di,' rhybuddiodd Dad. 'Dwyt ti DDIM am gymryd rhan.'

PENNOD 3

Gwawriodd bore dydd Sadwrn. Roedd Tudur wedi clebran yn llawn cyffro yr holl ffordd i faes y frwydr. Pan gyrhaeddon nhw, syllodd yn ddryslyd . . . ble roedd y frwydr? Roedd o wedi dychmygu dwy fyddin fawr â baneri a marchogion ar geffylau gwynion. Yn hytrach na hynny roedd yno bebyll wedi'u gwasgaru wrth droed y bryn. Roedd pobl yn crwydro

Tudur Budr

o gwmpas y cae wedi'u gwisgo mewn esgidiau uchel a hetiau llipa.

'Iawn,' meddai Dad, gan gloi drws y car a cherdded i gyfeiriad pabell wen. 'Aros di y tu allan tra fy mod i'n cofrestru. Paid â chrwydro a phaid â chyffwrdd ag unrhyw beth.'

'Wna i ddim,' addawodd Tudur. Safodd y tu allan i'r babell yn gwylio milwyr a oedd yn ysmygu pibell o amgylch tân. Ar ôl deng munud sylwodd fod rhes o bobl wedi ffurfio y tu ôl iddo.

'Iawn, pwy sydd nesaf?' holodd dyn mawr, barfog, wrth geg y babell.

Tudur Budr

'Beth ydi dy enw di, ŵr ifanc?'

'Pwy, fi?' holodd Tudur.

'Wel, rwyt ti'n sefyll yn y rhes. Beth ydi dy
enw di?'

'Tudur. Tudur Llwyd.'

Edrychodd y dyn ar ei restr. 'Dydi dy enw
di ddim ar y rhestr,' meddai. 'Paid â phoeni,
gyda phwy wyt ti?'

'Dad,' meddai Tudur.

'Na, yr hyn ydw i'n ei ofyn ydi, o blaid pwy
wyt ti? Y Senedd neu'r Brenin?'

Tudur Budr

'O, dwi o blaid y Brenin,' atebodd Tudur.

'Da fachgen,' meddai'r dyn. 'Wel, fel mae'n digwydd, mae byddin y Brenin yn brin o ddrymiwr bach – ydi hynny'n apelio?'

Goleuodd wyneb Tudur. 'Gwych. O, ond does gen i ddim drwm.'

'Paid â phoeni am hynny,' meddai'r dyn. 'Dos draw i'r babell i weld Sera – bydd ganddi hi wisg addas ar dy gyfer di.'

Brysiodd Tudur i'r babell. Fedrai o ddim credu ei lwc. Roedd o am gael cymryd rhan yn y frwydr. Roedd yn ysu am gael dweud wrth Dad!

Ychydig funudau'n ddiweddarach daeth Tudur o'r babell yn gwisgo siaced ddu, het fflat a thrywsus llac, melfed. Crogai drwm mawr, glas wrth ei ochr. Trawodd Tudur y drwm ychydig o weithiau i weld sut sŵn roedd yn ei greu. Trodd y milwyr wrth y tân i rythu arno.

Ar hynny daeth Dad i'r golwg. 'Tudur!

Tudur Budr

Ble wyt ti wedi bod?' gwaeddodd. Syllodd ar
Tudur. 'Beth ydi hwn?'

'Drwm ydi o,' atebodd Tudur.

'Ia, ond pam fod o gen ti?'

'Dwi'n ddrymiwr bach yn y fyddin.
Gwranda ar hyn,' meddai Tudur.

Trawodd y drwm
yn gyflym.
BRRRRRRRRRRRR ...

'DIGON!'
gwaeddodd Dad.
'Roeddwn i'n meddwl fy
mod i wedi egluro nad
oeddet ti'n rhan o'r frwydr!'

'Nid fy mai i oedd o!
Roedden nhw angen
drymiwr!' eglurodd
Tudur.

Torrwyd ar eu traws gan ddyn bochgoch
yn trotian ar gefn ceffyl anferth tuag atynt.

Tudur Budr

Roedd yn ymddangos ei fod yn cael trafferth i'w reoli.

'A, Llwyd!' taranodd. 'Barod i fynd? Edrych ymlaen at y frwydr?'

'Mi *oeddwn* i,' ochneidiodd Dad. 'Pryd ydyn ni'n dechrau?'

'Yn fuan,' atebodd y dyn. 'Byddwn ni ar yr ystlys dde, yn amddiffyn y bryn gyda'r Tywysog Terfel. Picellwyr ar y blaen, wrth gwrs.'

Cododd Tudur ei law. 'Ble ddylwn i fod?' holodd.

'O, dyma fy mab, Tudur,' eglurodd Dad. 'Dyma Syr Harri Hurtyn, Cadfridog milwyr y Brenin.'

'Fi yw drymiwr y Brenin,' meddai Tudur, gan daro'r drwm.

'Ha ha! Campus!' gwichiodd Syr Harri, wrth i'w geffyl ei droi mewn cylchoedd. 'Wel, aros di gyda mi. Byddwn ni'n amddiffyn baner y Brenin.'

Tudur Budr

'Ga i danio'r canon?' holodd Tudur.

'Dydw i ddim yn meddwl hynny rywsut,' chwarddodd Syr Harri. 'Arhosa gyda mi. Ar ôl iddyn nhw ymosod, mae gen i ofn y byddwn ni allan o'r gêm.'

'Pa gêm?' holodd Tudur.

'Y frwydr – rydyn ni i gyd yn cael ein lladd. Ddywedodd dy dad di ddim wrthyt ti?'

'Y Pengryniaid sy'n ennill y frwydr yma,' esboniodd Dad.

'Ai ni yw'r rheini?' holodd Tudur.

'Na, y Brenhinwyr y'n ni. Ni sy'n colli. Mae'r rhan fwyaf ohonon ni'n cael ein lladd.'

Gwgodd Tudur. 'Ond dwi eisiau ennill!'

'O na, fedrwn ni ddim ennill! Ha ha!' chwarddodd Syr Harri. 'Fedrwn ni ddim newid hanes.'

Edrychai Tudur wedi'i ddrysu'n llwyr. Doedd hyn ddim yn gwneud unrhyw fath o synnwyr. Beth oedd diben ymladd mewn brwydr os nad oeddech chi hyd yn oed am drio ennill? A ph'run bynnag, doedd o ddim am orwedd ar y llawr a marw dim ond am mai dyna ddigwyddodd go iawn.

PENNOD 4

BAM! BAM! BWM! BAM! BAM!

Cychwynnodd byddin y Brenhinwyr orymdeithio i fyny'r bryn. Marchogai Syr Harri ar y blaen a cheidwad y faner yn brasgamu ar ei ôl. Y nesaf yn y rhes oedd Tudur, yn taro'i ddrwm. Unwaith, fe ollyngodd un o'r ffyn taro ar y llawr a bron â chael ei sathru dan draed rhes o bicellwyr.

Tudur Budr

Ar ben y bryn, roedd ganddo olygfa wych o faes y gad. Roedd byddin y Pengryniaid wedi ymgasglu o flaen y pebyll. Roedd byddin y Brenhinwyr wedi'i sefydlu ar y bryn a'r faner frenhinol yn chwifio yn y gwynt.

Gwnaeth Syr Harri Hurtyn anerchiad hir. Trawodd Tudur ei ddrwm nes ei fod yn teimlo bod ei freichiau ar dorri. Yna dechreuodd y ddwy fyddin floeddio o bell gan herio a sarhau ei gilydd. Credai Tudur ei bod yn frwydr ddigon gwirion. Pryd oedden nhw am fwrw ati i ymladd?

BWM!

Taranodd canon yn y pellter, gan achosi pwff o fwg llwyd i godi i'r awyr. *Mae pethau'n poethi o'r diwedd*, meddyliodd Tudur. Ymosododd byddin y Pengryniaid, gan ruthro i gyfeiriad y bryn yn chwifio'u cleddyfau ac yn gweiddi. Disgynnodd rhai ohonynt.

'Dyma ni, ddynion – i'r gad!' gwaeddodd

Tudur Budr

Syr Harri, a'i geffyl yn wynebu'r ffordd anghywir.

Curodd Tudur ei ddrwm. Roedd yn difaru nad oedd ganddo ei gleddyf môr-leidr er mwyn iddo fedru ymladd y Pengryniaid pwdr. I lawr ar waelod y bryn gallai weld Dad yn ymlafnio gyda'i bicell wrth i'r gelyn ddod

Tudur Budr

yn nes. Daeth y ddwy ochr benben yn un sgrym ar droed y llethr. Trawodd cleddyfau yn erbyn ei gilydd. Llefodd rhai pobl. Llanwyd yr awyr â mwg. Wrth iddo gilio gwelodd Tudur fod nifer o filwyr y Brenin yn gorwedd ar lawr, un ai'n farw neu'n cysgu. Ond roedd y gelyn yn dal i heidio i fyny'r bryn.

Tudur Budr

Edrychodd Tudur o'i gwmpas. Roedd Syr Harri wedi syrthio oddi ar ei geffyl ac yn gorwedd ar ei gefn. Gorweddai baner y Brenin yn y mwd. Cododd Tudur hi.

'Na!' hisiodd Syr Harri ar frys. 'Rho hi i lawr! Rydyn ni'n FARW!'

'Dydw i ddim!' meddai Tudur. 'Dwi'n iawn.'

Daeth tri o'r Pengryniaid mawr i fyny'r bryn gyda'u cleddyfau yn eu dwylo.

'Ti!' gwaeddodd y capten. 'Rho'r faner i ni!'

'Dim perygl!' gwaeddodd Tudur yn ôl.

'Ildiwch!' gorchmynnodd y capten.

'Ildiwch chi!' chwyrnodd Tudur.

Edrychodd y Pengryniaid ar ei gilydd. Y gorchymyn a gawson nhw oedd hawlio baner y Brenin. Doedd neb wedi sôn dim am y drymiwr bach budr.

Daeth tad Tudur i'r golwg trwy'r mwg. Roedd o'n fyr o wynt ac wedi colli'i helmed.

'Tudur, mae popeth yn iawn,' meddai.

Tudur Budr

'Gad iddyn nhw gael y faner! Mae'n rhan o'r frwydr.'

Ysgydwodd Tudur ei ben yn ystyfnig. 'Baner y Brenin ydi hi.'

'Dwi'n gwybod hynny. Dyna'r pwynt. Fe wnaethon ni golli.'

'Dydw i ddim wedi colli,' meddai Tudur. 'Ddim eto.'

Tudur Budr

Estynnodd y capten bistol hir a'i anelu at Tudur. 'Bang! Dyna ti wedi marw!' meddai.

Chwarddodd Tudur. 'Fe wnaethoch chi fethu!' llefodd.

Daeth y capten llychlyd yn nes ato. 'Rho'r faner i mi, y ffŵl bach!'

Ysgydwodd Tudur ei ben. Cododd bolyn y faner ac yna gadael iddo ddisgyn am ben helmed y gwrthwynebydd.

BASH!

Tudur Budr

'AWWW!' llefodd y capten, gan afael am ei ben. 'Reit, dyna ni. Dim mwy o chwarae. Rho hi i mi neu bydda'n barod i wynebu'r canlyniadau.'

Camodd Tudur yn ei ôl. Roedd yno dri o'r gelynion a dim ond un ohono fo. Yna, fe gafodd syniad.

'Edrychwch!' gwaeddodd, gan bwyntio at droed y bryn. 'Y Brenin!'

Trodd y tri Pengrwn i edrych. Gwelodd Tudur ei gyfle a rhedeg fel y gwynt. Ar ei ffordd i lawr y llethr gwelodd fwy o Bengryniaid pwdr yn ceisio'i rwystro. Plethodd rhwng y milwyr, gan osgoi pob un oedd yn ceisio'i daro i'r llawr.

'STOPIWCH Y BACHGEN YNA!' gwaeddodd y capten. 'Peidiwch â gadael iddo ddianc!'

Ond roedd Tudur yn rhy gyflym iddyn nhw. Mewn eiliad roedd o'n rasio ar hyd maes

Tudur Budr

y frwydr, â'r faner frenhinol yn chwipio yn y
gwynt. Roedd tua hanner cant o'r Pengryniaid
yn ei ddilyn, yn pwffian â'u gwynt yn eu dwrn
wrth geisio'i ddal.

Safai Dad gyda Syr Harri, yn gwylio o ben
y bryn.

'Nefoedd yr adar!' meddai'r cadfridog.
'Ai jôc yw hyn?'

'Na,' atebodd Dad, gan godi ei bicell, 'ond
rydw i'n gwybod am rywun sydd yn jôc.'

PENNOD i

Anaml iawn fyddai Miss Jones yn edrych yn falch, ond heddiw roedd hi'n gwenu – neu'n cilwenu beth bynnag.

Roedd rheswm am hyn. Wythnos diwethaf, roedd plant Ysgol Heigion wedi cael eu llun yn y papur unwaith eto. Fel arfer, byddai hyn yn achosi i Miss Jones fynd yn las gan genfigen – roedden nhw byth a beunydd

Tudur Budr

yn ennill gwobrau neu'n cyfarfod rhywun pwysig. Ond y tro yma, roedd o wedi rhoi syniad iddi. Roedd hi'n hen bryd i Ysgol Gynradd Pen-cae gael ei henw yn y papur, ac roedd ganddi syniad sut i sicrhau hynny.

'All unrhyw un ddweud wrthyf i beth yw hwn?' holodd.

'Llyfr!' gwaeddodd Darren.

'Llaw i fyny, os gwelwch yn dda, Darren. Pa fath o lyfr?'

Saethodd llaw Dyfan Gwybod-y-Cyfan i'r awyr. '*Llyfr Mawr y Recordiau*, Miss Jones.'

'Mae gen i'r llyfr yna,' llefodd Tudur, 'mae'n wych!'

'Diolch, Tudur,' meddai Miss Jones. 'Mae hwn yn llyfr arbennig ar gyfer gosod record newydd. Record yw gwneud rhywbeth nad oes neb wedi'i wneud o'r blaen.'

'Fel pan wnaeth Tudur gloi Mr Sarrug yn y sied?' holodd Darren.

Tudur Budr

'Na, nid felly,' gwgodd Miss Jones. 'Record yw pan ydych chi wedi llwyddo i redeg yn gynt neu neidio'n uwch nag unrhyw un arall. Nawr, rydw i wedi cael sgwrs â Miss Prydderch ac rydyn ni'n credu y dylai ein hysgol ni geisio gosod record.'

Ebychodd y dosbarth. Roedd Tudur mor gyffrous nes y bu bron iddo ddisgyn oddi ar ei gadair. Roedd o wedi bod yn uchelgais ganddo i osod record byd – ac roedd o'n hyderus y gallai wneud hynny hefyd. Dychmygwch – ei enw ef yn *Llyfr Mawr y Recordiau*:

'*Yr unigolyn a lwyddodd i wneud y sŵn uchaf yn y byd wrth dorri gwynt yw Tudur Llwyd. Roedd cymaint o gryfder i'r gwynt nes iddo gracio sbectol ei athrawes, ac fe'i clywyd dros 100 o filltiroedd i ffwrdd.*'

Tudur Budr

Fe fyddai'n enwog. Byddai'n cael ei gyfweld ar y radio ac ar y teledu. Byddai pobl yn talu miliynau o bunnau er mwyn ei glywed yn torri gwynt.

'Felly, mae angen syniadau arnon ni,' meddai Miss Jones. 'Pa fath o record ddylen ni ei gosod?'

Chwifiodd dwylo yn yr awyr. Llaw Tudur oedd y cyntaf i godi.

'Ia, Trefor?' meddai Miss Jones.

'Y naid uchaf ar drampolîn,' cynigiodd Trefor.

Tudur Budr

Tynnu ystumiau wnaeth Miss Jones. 'Rhy beryglus.'

'Y ddawns tap hiraf,' awgrymodd Dona.

'Hmm, dydw i ddim yn meddwl bod gennym ni gymaint â hynny o amser,' meddai Miss Jones.

Ymestynnodd braich Tudur yn uwch. 'W, Miss, mae gen i syniad, Miss!'

'O'r gorau, Tudur,' ochneidiodd Miss Jones.

'Torri gwynt!' llefodd Tudur.

'Beth?'

'Torri gwynt! Mi fedra i wneud yn andros o uchel – gofynnwch chi i unrhyw un!'

Rholiodd Miss Jones ei llygaid. 'Fedri di ddim gosod record am dorri gwynt,' meddai.

'Pam lai? Beth am yr un hiraf erioed?' holodd Tudur. 'Gydag ychydig o ymarfer dwi'n siŵr y gallwn i dorri gwynt am funud gyfan. Y cwbl fyddai angen arna i fyddai diod swigod oren a –'

Tudur Budr

'NA, TUDUR!' bytheiriodd Miss Jones. 'Dydyn ni ddim am wneud unrhyw beth sy'n ymwneud â thorri gwynt! Nawr, oes gan unrhyw un awgrym synhwyrol?'

Cododd Nia ei llaw. 'Beth am geisio gwneud pyramid ceiniogau?' meddai.

Edrychodd Miss Jones yn llawn diddordeb. 'Pyramid ceiniogau? Ydi hynny'n bosib?'

Nodiodd Nia ei phen. 'Rydw i wedi gweld llun. Mae angen llawer iawn o geiniogau.'

'Ac o ble gawn ni nhw?'

'Eu casglu nhw,' atebodd Nia.

Crafodd Miss Jones ei phen. Gallai hyn weithio, a byddai'n cyd-fynd â'r gwaith dosbarth ar hanes yr Aifft. Ar ben hynny, bydden nhw'n siŵr o gael eu llun yn *Papur Pen-cae*. Roedd o'n syniad syml, ond yn wych.

'Nia, rydw i'n meddwl ei fod o'n syniad ardderchog,' gwenodd Miss Jones. 'Beth am i ni ddechrau casglu ceiniogau'n syth? Bydd y

Tudur Budr

sawl sy'n llwyddo i gasglu'r mwyaf yn ennill gwobr.'

Griddfanodd Tudur yn uchel. Pyramid ceiniogau? Dinas ddiflas! Beth oedd yn gyffrous am hynny? Os oedd yn rhaid iddyn nhw adeiladu pyramid pam na allen nhw ddefnyddio rhywbeth mwy diddorol – fel gwlithod? Neu athrawon hyd yn oed? Gallech eu gosod un ar ben y llall gyda Miss Jones ar y gwaelod.

PENNOD 2

Dros swper y noson honno, eglurodd Tudur syniad Miss Jones.

'Pyramid ceiniogau?' holodd Dad. 'Beth ar wyneb y ddaear ydi hynny?'

'Peidiwch â sôn!' cwynodd Tudur. 'Mae Miss Jones yn dweud bod angen i ni gasglu miloedd o geiniogau, a bydd yr un sy'n casglu'r nifer mwyaf yn ennill gwobr.'

Tudur Budr

'Wyt ti wedi edrych yn y blwch arian?' holodd Mam.

'Mae'n wag,' meddai Tudur. 'Roeddwn i'n gobeithio y byddech chi'n fy helpu i.'

Ochneidiodd Dad. Estynnodd ei law i'w boced, tra aeth Mam i nôl ei phwrs. Gwagodd y ddau eu ceiniogau ar y bwrdd.

'Un ar ddeg!' meddai Tudur, ar ôl iddo eu cyfrif. 'Ai dyna'r cyfan sydd gennych chi?'

'Rydw i'n meddwl mai "diolch" ydi'r gair rwyt ti'n chwilio amdano,' meddai Dad yn oeraidd.

'O, ie, ym, diolch,' mwmialodd Tudur. Os oedd o am ennill y wobr byddai'n rhaid iddo gael llawer mwy nag un ar ddeg o geiniogau pitw.

Tudur Budr

'Wnewch chi fyth lwyddo i dorri'r record beth bynnag,' crechwenodd Siwsi. 'Byddai'n rhaid iddo fod yn byramid anferthol. Byddai'n rhaid i chi gael miliynau o geiniogau.'

Gwthiodd Tudur ei ffa pob o amgylch ei blât. Roedd Siwsi'n iawn. Roedd hyn yn wastraff amser. Sut oedden nhw am lwyddo i gasglu digon o geiniogau? Bai Miss Jones oedd hyn. Pam na fyddai hi wedi dewis rhywbeth diddorol – fel y record am fwyta ffa pob? Byddai Tudur yn dda am wneud hynny.

'Pa mor gyflym wyt ti'n meddwl fedra i fwyta'r ffa pob yma?' holodd.

Ochneidiodd Mam. 'Dim syniad.'

'Dyfalwch, pa mor gyflym?'

'Tudur, bwyta dy fwyd yn dawel, nid ras ydi o!'

'Ond petai – petawn i'n cystadlu ym Mhencampwriaeth Bwyta Ffa Pob y Byd,'

Tudur Budr

meddai Tudur, 'pa mor gyflym ydych chi'n meddwl y gallwn i fwyta'r cyfan?'

Griddfanodd Dad. 'Does gennym ni *ddim* diddordeb!'

'Amserwch fi,' meddai Tudur, gan roi ei gyllell a'i fforc ar y bwrdd. 'Edrychwch pa mor gyflym fedra i wneud hyn. Barod ... EWCH!'

Cydiodd yn ei blât, agor ei geg a llowcio'r ffa pob mewn un gegaid.

LLYRP!

Tudur Budr

'Wedi gorffen!' gwaeddodd, gan lyfu ei weflau. Roedd sôs coch yn llifo i lawr ei ên ac yn plopian ar y bwrdd.

'YYYYYYCH! Mae hynna'n afiach!' cwynodd Siwsi. 'Mam, dyweda wrtho fo!'

'Mae hynny'n afiach, Tudur,' meddai Mam. 'Defnyddia dy fforc.'

'Mae'n cymryd gormod o amser,' cwynodd Tudur. 'Pa mor gyflym oedd y cynnig yna?'

'Doeddwn i ddim yn dy amseru di!' meddai Dad.

'Tua deg eiliad,' meddai Tudur. 'Mi fentra i fod o'n record byd!'

Ar ôl swper, aeth Tudur i chwilio am ei gopi o Llyfr Mawr y Recordiau. Erbyn deall, y record am fwyta tun o ffa pob oedd llai na saith eiliad. Roedd hynny'n anhygoel o gyflym. Byddai'n cymryd mwy na hynny iddo agor y tun. Bodiodd Tudur drwy dudalennau'r llyfr. Dyn talaf y byd, yr ewinedd hiraf, y neidr

fwyaf gwenwynig, y ci cyflymaf ar fwrdd
sglefrio … Aros! Beth oedd yr un olaf eto?

'*Y ci cyflymaf ar fwrdd sglefrio yw Tonto,
y ci tarw o Galiffornia, UDA. Sglefrfyrddiodd
Tonto am 100 metr ar hyd maes parcio mewn
19.678 eiliad.*'

Rhythodd Tudur ar y llun. Ci ar sglefrfwrdd –
pam nad oedd o wedi meddwl am hyn yn
gynt? Roedd o'n syniad gwych – y record
orau erioed! Gwell o lawer na chreu rhyw
hen byramid gwirion o geiniogau. Roedd
ganddo sglefrfwrdd yn y sied. Y cyfan
oedd ei angen arno rŵan
oedd Chwiffiwr.

PENNOD 3

Bythefnos yn ddiweddarach, daeth y dydd
pan fyddai Ysgol Gynradd Pen-cae yn
ymgeisio i osod record newydd. Cerddodd
Tudur i'r ysgol gyda Chwiffiwr ar dennyn a'i
sglefrfwrdd wedi'i stwffio i'w fag. Eglurodd ei
syniad anhygoel wrth Darren ac Eifion ar
y ffordd.

'Beth am dy fam?' holodd Darren.

Tudur Budr

'Sut wnest ti lwyddo i'w pherswadio hi i adael i ti ddod â Chwiffiwr i'r ysgol?'

'Hawdd,' meddai Tudur. 'Mi ddywedais i wrthi ei bod hi'n ddiwrnod Dod â'ch Anifail Anwes i'r Ysgol.'

'Ac fe gredodd hi ti?' holodd Darren wedi'i synnu.

Nodio ei ben wnaeth Tudur.

'Beth petai Miss Jones yn ei weld o?' holodd Eifion. 'Does dim cŵn i fod yn yr ysgol.'

'Wnaiff hi ddim,' meddai Tudur. 'Rydyn ni am ei smyglo fo i'r stordy lyfrau cyn i'r gloch ganu.'

'Beth petai o'n cyfarth?' dadleuodd Eifion.

'Wnaiff o ddim. Rydw i wedi dod â bwyd ci iddo fo,' eglurodd Tudur. 'A beth bynnag, fydd o ddim yno'n hir, dim ond nes y byddwn ni'n mynd allan.'

Ysgydwodd Eifion ei ben. 'Dwyt ti ddim yn gall, Tudur! Mae Miss Jones am fynd o'i cho!'

Tudur Budr

'Wel, dwi'n meddwl ei fod o'n syniad gwych,' meddai Darren. 'Meddyliwch, mi fyddwn ni'n enwog! Y ci cyflymaf ar sglefrfwrdd yn y byd!'

Edrychodd Eifion ar Chwiffiwr yn amheus. 'Ydych chi'n meddwl y bydd o'n gallu gwneud hynny?'

'Wrth gwrs y bydd o,' meddai Tudur. 'Mae o wedi bod yn ymarfer drwy'r wythnos. Credwch chi fi, mae hyn am weithio!'

Ar ôl cofrestru, archwiliodd Miss Jones y ceiniogau roedd y dosbarth wedi'u casglu.

'Dwylo yn yr awyr os lwyddoch chi i gasglu hanner cant neu fwy o geiniogau?' holodd.

Aeth llaw bron pawb i'r awyr. Griddfanodd Tudur. Dim ond pedair ceiniog ar hugain oedd ganddo fo, ac roedd y rhan fwyaf ohonyn nhw wedi'u rhoi iddo gan ei nain.

Tudur Budr

'Dros gant?' holodd Miss Jones. 'Dros bum cant?'

Carwyn Cefnog oedd yr unig un oedd yn dal i fod â'i law yn yr awyr.

'Da iawn wir, Carwyn!' meddai Miss Jones. 'Ti yw'r enillydd! Faint o geiniogau lwyddaist ti i'w casglu?'

Cododd Carwyn sach enfawr ar y bwrdd. 'Dwy fil,' meddai.

'Dwy fil?'

'Roedd o'n hawdd,' meddai Carwyn yn fodlon. 'Aeth fy nhad i'r banc a newid papur ugain punt.'

'O,' meddai Miss Jones. 'Wel, dyma dy wobr di. Hwyrach y gallet ti ddechrau dy gasgliad ceiniogau dy hun gyda hwn.'

Tudur Budr

Edrychodd Carwyn yn siomedig ar y cadw-mi-gei Sam Tân.

Casglodd Miss Jones yr holl geiniogau a'u didoli i fwcedi. Eglurodd y bydden nhw'n adeiladu'r pyramid ceiniogau allan ar yr iard chwarae. Byddai pawb yn cael cyfle i gymryd rhan.

'Ac mae gennym ni westeion arbennig,' meddai. 'Mae *Papur Pen-cae* yn gyrru ffotograffwyr draw i dynnu lluniau ohonon ni. Ar ben hynny, bydd rhywun yn galw o dîm *Llyfr Mawr y Recordiau!*'

Cymeradwyodd y dosbarth yn llawn cyffro.

'WWFF!' cyfarthodd Chwiffiwr yn y stordy llyfrau.

Gwgodd Miss Jones. 'Beth oedd y sŵn yna?'

'Ym ... fi oedd o,' meddai Tudur. 'Mae gen i beswch.'

Culhaodd Miss Jones ei llygaid. 'Roedd o'n swnio fel ci.'

'Oedd, dwi'n tagu fel ci,' meddai Tudur.
'WWFF WWFF!'

Edrychodd Miss Jones arno i lawr ei
thrwyn. 'Wel, paid â thagu ar unrhyw un
arall,' dwrdiodd. 'Iawn, pawb i greu rhes wrth
y drws.'

Gollyngodd Tudur ochenaid o ryddhad.
Roedd hi wedi bod yn agos iawn, ond doedd
o ddim wedi cael ei ddal.

PENNOD 4

Y tu allan, roedd y pyramid o geiniogau'n disgleirio yn yr haul. Roedden nhw wedi dechrau drwy osod cannoedd o geiniogau mewn sgwâr i fod yn sylfaen i'r pyramid. Yna roedd pob haenen wedi'i hychwanegu'n ofalus ar ei ben, gyda'r sgwâr yn mynd yn llai yn raddol er mwyn creu siâp pyramid.

Tudur Budr

Roedd hi'n dasg fregus. Un llithriad a byddai'r pentwr cyfan yn dymchwel.

Roedden nhw wedi bod yn gweithio arno am dair awr yn yr haul. Safai'r plant yn amyneddgar yn aros eu tro. Roedd Miss Jones wedi'u gwahardd rhag rhedeg, cadw sŵn, a hyd yn oed rhag sibrwd. Tynnai ffotograffwyr *Papur Pen-cae* luniau tra bod y ddynes o *Llyfr Mawr y Recordiau* yn ffilmio'r cyfan.

Cymerodd Tudur gipolwg dros ei ysgwydd ar adeilad yr ysgol.

'Wyt ti'n siŵr fod hyn yn syniad da?' sibrydodd Eifion.

'Rho'r gorau i boeni!' meddai Tudur.

'Ia, mae o am fod yn wych,' meddai Darren.

Roedd Tudur yn hyderus y byddai Chwiffiwr yn ymateb i'r gofynion. Wedi'r cwbl, os oedd Tonto y ci tarw yn gallu eistedd ar sglefrfwrdd, gallai unrhyw gi wneud.

'O'r gorau, i ffwrdd â ni,' sibrydodd.

Tudur Budr

Sleifiodd y tri o'u cuddfan. Cadwodd Tudur lygad barcud ar Miss Jones a oedd, diolch i'r drefn, â'i chefn atyn nhw. Cododd Chwiffiwr ar y sglefrfwrdd a thynnu'r tennyn oddi arno. Cymerodd dri neu bedwar cynnig i'w gael i aros arno. Roedd o'n mynnu neidio oddi arno neu wynebu'r cyfeiriad anghywir. Ond o'r diwedd, fe lwyddwyd i'w gael i sefyll.

'Barod?' sibrydodd Tudur. 'Pan fydda i'n dweud "ewch", gwthiwch o.'

Tudur Budr

Nodiodd Eifion ei ben a gosod ei oriawr i'w amseru.

Doedd Chwiffiwr ddim yn edrych yn rhy hapus o fod yn ceisio torri'r record 'sglefrfyrddgi'. Roedd ei helmed wedi llithro dros un llygad ac roedd o wrthi'n cnoi'r strap.

Helpai Miss Jones Trefor i osod yr haen nesaf o geiniogau. Ychydig mwy, a byddai'r pyramid wedi'i orffen.

'Tri, dau, un . . . EWCH!' gwaeddodd Tudur.

Gwthiwyd y sglefrfwrdd â'u holl nerth. Swniodd Chwiffiwr wrth iddo wibio ar draws yr iard. Chwipiai ei glustiau fel sanau gwynt.

'O na,' ochneidiodd Tudur.

Roedd Miss Jones wedi troi i edrych, a hynny mewn pryd i weld ci ar sglefrfwrdd yn hyrddio tuag ati fel seren wib. Am eiliad,

Tudur Budr

tybiodd ei bod hi'n breuddwydio. Camodd
o flaen y pyramid gwerthfawr i geisio atal
trychineb.

'NA, STOP! STOP!' gwaeddodd, gan
chwifio'i breichiau.

Fedrai Chwiffiwr ddim stopio, ond gwyddai

Tudur Budr

ei bod yn amser iddo ddod oddi ar y sglefrfwrdd. Llamodd i freichiau Miss Jones. Gwibiodd y sglefrfwrdd yn ei flaen ar ei ben ei hun.

'NAAAAAA!' gwaeddodd Miss Jones, gan simsanu tuag yn ôl.

Tudur Budr

CRASH!

Rhoddodd Tudur ei ddwylo dros ei lygaid.
Pan edrychodd eto roedd Chwiffiwr yn sefyll
ar frest Miss Jones. Rhythai'r dosbarth mewn
arswyd. Roedd yno filoedd o geiniogau
wedi'u gwasgaru ar hyd yr iard.

Gwthiodd Miss Jones Chwiffiwr oddi arni a
chodi'n sigledig ar ei thraed. Rhythodd o'i

Tudur Budr

hamgylch gan anadlu'n drwm. Doedd yno
ond un person a allai fod yn gyfrifol am hyn,
a gallai ei weld yn ceisio sleifio i ffwrdd.

'TUDUR!' rhuodd. 'TYRD YMA!'

Trodd Tudur ar ei sawdl. 'Nid fy mai i
oedd o,' mwmialodd.

Stompiodd Miss Jones tuag ato, yn biws
gan gynddaredd.

'EDRYCH!' bytheiriodd. 'EIN HOLL
WAITH CALED! WEDI EI WASTRAFFU!
O DY ACHOS DI!'

'Mi fedra i egluro,' llyncodd Tudur ei boer.

'Roedden ni ar fin torri'r record,' gwaeddodd
Miss Jones mewn tymer. 'Byddai ein llun wedi
bod yn y papur! Rwyt ti wedi difetha popeth!'

'Nid *popeth*,' mwmialodd Tudur. 'Gallwn ni
wastad ddechrau eto?'

'DECHRAU ETO?' sgrechiodd Miss Jones.
'Rydyn ni wedi bod wrthi ers bron i BEDAIR
AWR!'

Tudur Budr

'O'r gorau,' meddai Tudur. 'Mae gen i syniad arall.'

Roedd llygaid Miss Jones ar dân. 'Er dy les di dy hun, Tudur, mae'n well i'r syniad yma fod yn un da.'

'Mae o,' meddai Tudur. 'Fe fyddwch chi wrth eich bodd. Y cyfan sydd ei angen arnon ni ydi digon o ddiod swigod oren!'